La punizione dell'Alfa

Renee Rose

Traduzione di
Ema Ferrari

 Creato con Vellum

OTTIENI IL TUO LIBRO GRATIS!

Iscrivetevi alla newsletter di Renee per ricevere Indomita, scene bonus gratuite e notifiche riguardo a nuove pubblicazioni!

https://subscribepage.com/reneeroseit

Capitolo uno

Tutto era iniziato con una piccola bugia. Solo una.

Il suo lupo alfa, Ben, le aveva bloccato i polsi sopra la testa mentre la penetrava con forza e aveva detto qualcosa del tipo: «Il tuo corpo mi appartiene, non è vero?»

Lei aveva risposto con un gemito: «Sì, signore» mentre gli occhi le roteavano all'indietro per il piacere di essere stata presa bruscamente.

«Oggi verrò dentro di te, Ash» aveva detto.

«Sì, signore.»

Non importava. Prendeva la pillola, cosa che lui sapeva, ma Ben Stone era un dominatore fino al midollo e capiva che a lei piaceva sentirsi come se non avesse scelta. Era venuta con un urlo, inarcandosi e tremando sotto di lui e dopo che aveva trovato la sua liberazione, si era sdraiato accanto a lei, accarezzandole l'anca con una mano.

«Penso che dovremmo fare dei cuccioli» aveva detto, con il respiro caldo contro il suo orecchio. «No?»

«Sì» aveva sussurrato. Avrebbe detto di sì a qualsiasi cosa lui avesse detto in quel momento. I mormorii postcoitali probabilmente non avrebbero dovuto essere considerati dichiarazioni di intenti. E non aveva capito che intendeva presto, nel senso di "cominciamo subito". Non si erano ancora sposati. Non che i contratti umani significassero molto per lui. Per quanto riguardava il suo mutaforma, lui l'aveva marchiata e lei era sua. Per sempre.

Quella discussione sui piccoli c'era stata cinque mesi prima.

«Non riesco a capire come parlargliene» aveva confessato alla sorella gemella Melissa al telefono nel suo ufficio. Aveva abbassato la voce, perché anche se un paio di muri separavano il suo ufficio con le vetrate da quello di Ben, non sapeva mai cosa lui potesse sentire con i suoi sensi sovrumani.

«Diglielo e basta! Questa cosa sta diventando stupida, Ash. Se pensa che voi due stiate cercando di avere un bambino e tu stai ancora prendendo la pillola, è una cosa disonesta. È questo il tipo di matrimonio che vuoi avere?»

«No» disse, appoggiando il mento sulla mano. «Ma si arrabbierà.»

«Si arrabbierà perché non sei pronta ad avere figli?»

«No... beh, non lo so. Sarà deluso, probabilmente. Ma sicuramente si arrabbierà per il fatto che prendo la pillola.» Lo stomaco le si contrasse al pensiero. Non vedeva una via d'uscita dalla situazione. Se avesse parlato con Ben, avrebbe rischiato di deluderlo o, peggio, di farlo arrabbiare. E lui probabilmente avrebbe deciso che meritava una punizione per il suo inganno. Ma non era pronta ad avere figli. Aveva solo venticinque anni e Ben, il multimilionario CEO della Stone Technologies, le aveva appena dato un lavoro come sua assistente personale, il che le procurava un potere e un'eccitazione inebrianti. Quindi smettere di prendere la pillola era fuori questione. Aveva continuato a girare intorno a questo circolo di pensieri per gli ultimi cinque mesi senza arrivare a una soluzione.

«Ashley» disse Melissa, fingendo un tono severo. «Ti stai comportando da codarda.»

Si accasciò sulla sedia. «Lo so.»

«Vai a dirglielo subito.»

Le si contorsero le viscere. «Non posso.»

«Subito, Ashley. Dico sul serio. Questa è una cosa stupida.»

Espirò. «Okay. Hai ragione.» Si alzò. «Vado.»

«Andrà tutto bene.»

«Non credo.»

«Andrà tutto bene. Chiamami e fammi sapere come va.»

«Okay, ciao» disse tutto d'un fiato. Riagganciò il telefono e si diresse verso la porta prima di potersi tirare indietro.

L'ultimo piano dell'edificio era affollato, con i dirigenti di livello superiore che tenevano riunioni nei loro uffici o parlavano al telefono. Quando era arrivata per la prima volta a quel piano per un colloquio, aveva trovato un silenzio di tomba, c'erano solo Ben e la sua segretaria, Karen, a occupare quello spazio. Aveva cacciato tutti gli altri dal piano, preferendo la solitudine nel suo dolore per la morte del fratello.

Passò davanti alla scrivania di Karen. «È occupato?» chiese.

«È solo.»

Bussò alla porta e la spalancò.

«Signorina Bell» disse freddamente, usando il tono severo del capo che le fece bagnare le mutandine. Gli occhi verdi che diventavano dorati nella forma del lupo la scrutarono criticamente.

Entrò e chiuse la porta. «Signor Stone.»

Si appoggiò allo schienale della sedia, rimettendo il portatile sulla scrivania. I capelli scuri gli ricadevano sulla fronte e sembrava esattamente il potente milionario latino-americano che era, sia nel contegno che nella statura. «Sei in ritardo.»

«Davvero?»

«Sì. Mi è venuto duro per te un'ora fa. Chiudi la porta.»

Il ventre le sussultò. Girò la serratura sulla maniglia. «Io, ehm, volevo parlarti di una cosa.»

Scosse la testa con decisione e lei chiuse la bocca. «Non ora.» Indicò il pavimento ai suoi piedi. «Vieni qui.»

I capezzoli le si indurirono in previsione di qualsiasi gioco avesse in mente. Ma aveva bisogno di parlargli subito, prima di perdere il coraggio. «Ben?»

Inarcò un sopracciglio come per chiederle se osasse sfidarlo.

Si leccò le labbra e si diresse verso il punto che lui aveva indicato.

«In ginocchio. Di spalle a me.»

Okay... forse glielo avrebbe detto più tardi. Si abbassò in posizione, la gonna da lavoro attillata e la camicetta rendevano la posizione ancora più degradante. Ben sollevò l'orlo della gonna, tirandola su fino alla vita.

Rabbrividì.

Le abbassò le mutandine fino a metà coscia.

«Cosa stai facendo?» chiese.

«Silenzio» sbottò, dandole un forte schiaffo sulla parte posteriore della coscia destra. Sapeva che odiava quando faceva quel rumore, l'idea che Karen o chiunque altro sentisse le loro gesta era troppo umiliante da contemplare. Tutti davano già per scontato che si fosse fatta strada fino in cima sotto le lenzuola, e avrebbe combattuto quella percezione per anni. «Non parlare se non ti si rivolge la parola.»

La figa si contrasse. «Sì, signore» le salì alle labbra e lo disse. Immaginò come sarebbe stato se qualcuno fosse entrato, e si ricordò di aver chiuso la porta a chiave. Ma cosa sarebbe successo se non avesse girato completamente la maniglia? O cosa sarebbe successo se qualcuno ci avesse provato e l'avesse trovata chiusa a chiave? Avrebbero capito subito cosa stava succedendo. Non che tutti non sussurrassero già cose su di lei, comunque. Era uno dei motivi per cui non voleva ancora mettere su famiglia. Doveva dimostrare il suo valore, dimostrare di essere più di una semplice caramella per gli occhi di Ben, di avere un cervello e di saper prendere buone decisioni. Ma perse ogni pensiero legato al lavoro quando la punta bulbosa di qualcosa di duro e di plastica premette contro la sua entrata fradicia. Sussultò per la sorpresa, poi si immobilizzò, ansimando quando Ben le aprì le labbra interne con il giocattolo e lo spinse in avanti. Lo spinse dentro, allargandola, poi lo tirò fuori di nuovo.

Sussultò per la perdita di sensibilità.

Lui ripeté l'azione, scopandola con il giocattolo.

Allungò il collo per guardare oltre la spalla, ricevendo un altro forte schiaffo.

«Occhi sul pavimento.»

«Sì, m—» Accidenti. Aveva fallito di nuovo.

Fece un verso di stizza. «La disobbedienza sarà sempre punita, Ashley. Lo sai.»

Gemette.

Le passò una mano sul sedere caldo. «Stasera ti darò delle sculacciate sul sedere nudo perché tu possa ricordartene» disse, liberandola dalla paura che lo avrebbe fatto lì e subito, dove gli altri avrebbero sentito. Strofinò la punta liscia di plastica del giocattolo attorno all'entrata, poi gliela spinse dentro. Scomparve, abbastanza piccola da entrare nel suo canale avido.

Sentì lo scatto di un pulsante e poi le sue viscere iniziarono a vibrare. Barcollò, le ginocchia non la sostenevano più, e lasciò cadere il sedere verso i talloni. La mano di Ben le afferrò il sedere prima che raggiungesse la sua destinazione, facendola volare di nuovo in posizione con un grido.

«Oh, Dio» gemette, dimenticandosi di nuovo di non parlare.

«Cattiva.»

«Lo so» gemette. «Mi dispiace.»

Lui ridacchiò. «Ti dispiacerai.»

Si spostò da un ginocchio all'altro, scodinzolando in una crescente disperazione. Il vibratore era troppo: sensazioni che la sopraffacevano e la mandavano oltre il limite, pronta all'orgasmo in un attimo.

«Per favore, signore» piagnucolò.

«Appoggia il petto e la testa sul pavimento» ordinò.

Lei esitò, la posizione era così degradante che pensò di dover protestare.

«Uno...»

Si lasciò cadere nella posizione descritta prima che lui arrivasse al due.

* * *

Ben ammirò la sua bellissima compagna nella posa umiliante che aveva assunto. Lei girò la testa da un lato, mostrandogli che i grandi occhi azzurri erano già vitrei. Amava vederla perdere il controllo. Trovava la sua resa inebriante, la pronta sottomissione gli dava un esaltante senso di potere maschile.

«Allunga la mano e tieni le natiche aperte.» La sua voce aveva un tono ruvido mentre il suo bisogno aumentava.

«Ben—» ansimò.

«Ora, *mi amor*» disse con fermezza. «E ti devo guardare e non sentire.»

«Oh, Dio» gemette, chiaramente incapace di obbedire a questa direttiva.

Lui sorrise e la guardò mentre allungava la mano e si afferrava il sedere, aprendo i suoi due globi per rivelare lo stretto bocciolo di rosa.

Aprì un tubetto di lubrificante e ne fece cadere una goccia da un'altezza di trenta centimetri, amando il modo in cui lei sussultò per la sorpresa alla sensazione.

Ti amo. Non era il momento di dirlo, ma lo fece. Adorava Ashley Bell. Tutto di lei sconvolgeva il suo mondo: ogni giorno che trascorrevano insieme non faceva che accrescere il suo bisogno di lei, il suo desiderio di prenderla senza sosta non si placava mai. Era più profondo del sesso, però. Be', forse no, perché il loro sesso era profondo. Ma Ashley significava tutto per lui. Aveva arguzia, intelligenza e una generosità di cuore che non avrebbe mai potuto sperare di imitare. Lo faceva sentire di nuovo vivo dopo la morte di suo fratello. O forse per la prima volta in assoluto.

Ogni volta che le raccontava di qualche terribile momento della sua vita, lei lo ingoiava, accettandolo, curandolo, amandolo.

Si sporse in avanti sulla sedia dell'ufficio e le toccò la rosetta serrata con il polpastrello del pollice, con movimenti circolari sull'anello stretto del muscolo. Aumentò gradualmente la pressione, bloccando i suoi movimenti. Nel momento in cui lei lo lasciò entrare, si ritrasse e sostituì il pollice con la testa di un secondo vibratore a proiettile telecomandato.

Piagnucolò mentre lui insisteva, violando il suo stretto sfintere.

«No» gemette. «Troppo, troppo, troppo.»

«Zitta. Decido io cosa è troppo. Puoi prenderlo. Fai la brava e apriti per me... solo un po' più avanti.»

Come sempre, gli obbedì, la sua fiducia lo fece sentire imponente come una montagna. Le inserì il bullet fino in fondo nel retto, lasciando fuori solo il cavo per estrarlo. Prendendo l'altro telecomando, accese anche questo.

Emise un verso incoerente e crollò sul pavimento, con le ginocchia spalancate.

Lui allungò la mano sotto di lei e le portò il polpastrello del dito medio sul clitoride, con movimenti circolari. «Non venire» la ammonì.

«Oh, Dio, ti prego» gemette. Sembrava vicina alle lacrime, ma lui sapeva che erano del tipo estatico, il tipo che capitava quando amava stuzzicarla con troppi orgasmi. «Ti prego, devi lasciarmi venire, signore. Oh, ti prego, farò qualsiasi cosa.»

«Alzati.» Spinse i fianchi contro il pavimento, come se sperasse di trovare qualcosa contro cui strofinare il clitoride.

Lui infilò la mano sotto e le schiaffeggiò la figa più volte, amando quanto fosse diventata bagnata.

«Alzati» ripeté, dando un tono di disapprovazione alla sua voce.

Si alzò in piedi di scatto, i capelli arruffati, le guance arrossate di una bella tonalità di rosa.

Le tirò su le mutandine, godendosi la sua espressione di orrore per essere stata respinta senza raggiungere l'orgasmo.

«No...» mormorò.

Le tirò giù la gonna e la lisciò. Afferrandole la vita, la tirò giù, facendola girare per farla sedere sulle sue gambe con la schiena rivolta verso di lui. Le accarezzò la parte superiore delle gambe, su per l'interno delle cosce per arrivare al monte di Venere.

Si dimenò contro di lui, cercando di scendere.

Le schiaffeggiò la figa coperta dalle mutandine. «Cattiva.»

«Oh, Ben» piagnucolò. Le pizzicò i capezzoli, entrambi contemporaneamente, con forza. «Voglio che torni in ufficio e lavori sui tuoi report.» Spense il vibratore nella figa. «Oggi li userò a intermittenza, ma non hai il permesso di raggiungere l'orgasmo. Hai capito?»

«No-o» gemette lei.

Le pizzicò i capezzoli più forte, facendola contorcere. «Prova di nuovo.»

«Sì, signore,» ansimò. «Sì, capisco, ma-»

«Nessun ma. Voglio tenerti a un passo dall'orgasmo per tutto il giorno. Quando ti porterò a casa e ti metterò dentro il mio cazzo nudo, avrai un orgasmo così forte che ti sentiranno in Africa. E quando lo farai, la tua dolce piccola figa prenderà ogni goccia del mio sperma dentro di te per fecondare quell'ovulo che dovresti far cadere da un giorno all'altro.»

Arrossì, come spesso faceva quando parlava di metterla incinta. Amava l'idea di vederla gonfia con suo figlio, di iniziare la famiglia che non aveva mai saputo di volere finché non l'aveva incontrata.

Spense il vibratore anale. «Puoi andare» disse, rivolgendole un sorriso malizioso.

Le lacrimarono gli occhi, probabilmente disperatamente in cerca di sfogo, ma si lisciò i capelli e prese un respiro profondo. «Mi stai uccidendo» sussurrò mentre si dirigeva verso la porta.

* * *

Oh, Dio. Cosa avrebbe fatto? Non era andata come previsto. Non riusciva a pensare lucidamente, la figa risuonava ancora delle vibrazioni del giocattolo che lui le aveva infilato dentro. Cercò di apparire professionale, calma e composta mentre tornava in ufficio sulle ginocchia tremanti.

Accidenti a Ben Stone e alla sua capacità di trasformarla in una pozza di burro. Accidenti al suo aspetto sexy e cupo, al comando autorevole e... le lacrime le salirono di nuovo agli occhi. Accidenti al suo desiderio di mettere su famiglia in quel momento.

Aprì le tapparelle del suo ufficio e guardò lo skyline di Denver, le Montagne Rocciose che si stagliavano maestose a ovest. Forse avrebbe dovuto semplicemente dargli ciò che voleva.

Ma se avesse finito per provare risentimento nei suoi confronti e nei confronti del bambino? E se fosse stata una pessima madre e casalinga? Non pensava davvero di poter gestire il fatto di restare bloccata a casa tutto il giorno da sola con un paio di bambini, indipendentemente da quanto li amasse. Aveva sempre immaginato di avere figli più avanti nella vita, sui trent'anni, dopo aver avviato la sua carriera. E non aveva mai pensato che sarebbe rimasta a casa. Ovviamente lei e Ben non avevano mai parlato molto del fatto che lui volesse che lei restasse a casa o meno, ma sua cognata era una mamma casalinga, quindi aveva la sensazione che fosse così che facevano i lupi. Erano un clan patriarcale piuttosto antiquato.

Si lasciò cadere sulla sedia dell'ufficio, sperando che l'umidità che le usciva dalla figa non le inzuppasse le mutandine e la gonna. Si appoggiò allo schienale e si morse il labbro. Dire che si vergognava di sé era un eufemismo.

Aveva creato un bel dilemma, e più andava avanti, più peggiorava.

Non poteva parlare con Ben ora. Sarebbe stato impossibile.

Si alzò in piedi di scatto mentre il vibratore nel retto si attivava. Oh, mio Dio. Come avrebbe fatto a sopravvivere a quella giornata? Guardò l'orologio mentre si abbassava con cautela sul fondoschiena ronzante. Erano solo le dieci del mattino. Sarebbe morta prima dell'orario di chiusura.

* * *

Accese prima un vibratore, poi l'altro, e li alternò per trenta minuti interi prima dell'ora di pranzo. Quando entrò nel suo ufficio per portarla a pranzo, si rese conto che non avrebbe superato la giornata.

Sembrava febbricitante, con gli occhi selvaggi e dilatati, le labbra contratte dalla tensione. I folti capelli castano-rossicci sembravano arruffati, come se ci avesse passato le mani.

L'avrebbe portata a casa, l'avrebbe scopata e le avrebbe dato il pomeriggio libero. «Vieni, *mi amor*. Prendi la borsa, ti porto a pranzo.»

Sembrava confusa, come se il semplice compito di prendere la borsa fosse troppo da comprendere.

La prese per lei e la aiutò ad alzarsi in piedi. «Dai, tesoro. Ho quasi finito con te» le sussurrò all'orecchio.

Si accasciò contro di lui, chiaramente sollevata.

Le fece scivolare un braccio intorno alla vita per sostenerla e la condusse fuori. «Ashley non si sente bene, quindi la porto a casa. Non so se tornerò» disse a Karen.

«Grazie, signore» disse lei.

In ascensore, accese l'interruttore di entrambi i vibratori, osservando il tormento sbocciare sul viso di Ashley mentre la spingeva contro il muro e le infilava una coscia tra le gambe. Gemette e premette il monte di Venere su di lui. Le afferrò il sedere e strinse, assaporando la sensazione dei suoi glutei muscolosi.

«Penso che avresti chiamato i vigili del fuoco se ti avessi lasciata fino all'orario di chiusura» le mormorò all'orecchio.

Gli morse il collo, il che fece accelerare i suoi sensi da lupo, allungando i denti e offuscandogli la vista mentre gli occhi diventavano gialli. L'ascensore suonò e si separarono di scatto mentre diverse persone salivano. Spense i vibratori.

«Buon pomeriggio, signor Stone» disse un uomo che riconobbe ma di cui non ricordava il nome e la posizione.

Gli fece un cenno di assenso senza rispondere.

«Ciao, Charlie, come vanno le cose in R&S?» chiese Ashley, interpretando alla perfezione la parte di assistente personale. Lo aveva spinto a coltivare migliori relazioni con i suoi dipendenti e in qualche modo sembrava conoscerli tutti.

Charlie si illuminò al riconoscimento. «Alla grande» disse, guardando Ben. «Abbiamo finito con il prototipo Superstation. Vuole provarlo?»

Non rispose. La sua vecchia abitudine da leader era quella di tenere tutti fuori, di rifiutarsi di interagire se non era assolutamente necessario. Ora, sapeva che doveva farlo se voleva migliorare il morale, ma non sapeva fin dove spingersi. Se non fosse stato attento, sarebbe stato tirato in mille direzioni.

«Questa settimana il programma del signor Stone è serrato, ma se mi mandi un'e-mail, fisserò trenta minuti la prossima settimana per mostrargli tutto.»

Charlie sembrò leggermente agitato, come se non

sapesse se fosse stato scoraggiato o meno, ma annuì con la testa. «Ok, sembra perfetto.»

«Hai la mia e-mail, vero?»

«Uh... Ashleybell@stonetech.com?» Ashley rivolse a Charlie uno dei suoi sorrisi da mille megawatt, che fece ringhiare Ben nella gola. «Esatto» disse allegramente mentre l'ascensore si fermava di nuovo e le porte si aprivano.

«Okay, grazie» disse Charlie, indietreggiando, guardando prima l'uno poi l'altro, un po' intontito.

Le porte si chiusero e lui prese la mano di Ashley e la strinse.

«Hai ringhiato.»

«No» negò. Aveva *quasi* ringhiato.

«L'ho sentito, lupo. Cosa succede?»

«I lupi danno avvertimenti riguardo le loro proprietà quando un altro maschio sta guardando.» Osservò l'effetto della sua affermazione politicamente scorretta sui capezzoli di Ashley mentre lei cercava di raccogliere indignazione. «E io sono per lo più lupo in questo momento» ammise con voce roca.

Lei sorrise, premendo contro di lui, la lussuria le brillava negli occhi.

L'ascensore si fermò al piano del parcheggio e lui la prese tra le braccia, portandola fuori.

Strillò. «Fermati, qualcuno vedrà.»

«Non mi interessa» disse, troppo immerso in quella che lei chiamava modalità Neanderthal. Era sua. Era ora di trascinarla di nuovo nella caverna e fare quello che voleva con lei. Accese il vibratore vaginale, ridacchiando mentre lei sussultava e accavallava le gambe, cercando di strofinarle insieme per ottenere più attrito.

Aprì la portiera lato passeggero della Mustang nera e la sistemò, accendendo il bullet anale appena prima di allacciarle la cintura di sicurezza. Lei si inarcò e lanciò le mani verso il sesso, il bacino ondeggiò per andare incontro alle dita.

«Ah, ah» disse, staccandole e appoggiandole sul cruscotto. «Non ti ho dato il permesso di toccarti. Il tuo piacere è a mia discrezione, ricordi?»

Gemette, chiudendo gli occhi e roteando la testa avanti e indietro sullo schienale.

Lui ridacchiò, chiudendo la portiera. Mentre saliva al posto di guida, spense il vibratore vaginale.

«Per favore» piagnucolò. «Ben, non ce la faccio.» Lacrime di frustrazione sessuale le rigarono gli angoli esterni degli occhi.

Come sempre, l'odore delle lacrime della sua compagna lo sottomise, anche se razionalmente sapeva che erano un segno del suo imminente piacere, non di un problema. Tuttavia, l'istinto gli urlava di risolvere la situazione, e spense anche il vibratore anale.

Il gemito fu di delusione questa volta.

«Lo so, *mi amor*. Mi prenderò cura di tutte le tue necessità non appena ti riaccompagno a casa.»

Voltò la testa e lo guardò sbattendo le palpebre come se guardasse attraverso una foschia. «Ti amo, Ben Stone» mormorò.

Qualcosa di più potente persino della lussuria lo scosse, gonfiandogli il petto di calore. «Ti amo anch'io, *mi reina*.»

Quando si fermò nel vialetto della casa che avevano affittato mentre costruivano quella dei loro sogni, Ashley aprì la portiera della macchina e si precipitò verso la porta. Lui ridacchiò, spalancò la sua portiera e la inseguì. La sorprese ad armeggiare con le chiavi. Strappandogliele dalle mani, riuscì ad aprire la porta impegnato in parte a trascinarla dentro, in parte a strapparle via i vestiti mentre si muoveva.

Accese un vibratore, poi l'altro. Aveva spogliato Ashley della gonna sexy e della giacca e le aveva sbottonato a metà la camicetta mentre la spingeva all'indietro verso la camera da letto. Camicetta via. Reggiseno slacciato. La sollevò e la gettò sul letto, avventandosi su di lei.

Mutandine abbassate.

Le tirò fuori il vibratore della figa gocciolante senza preoccuparsi di spegnerlo.

Lei allungò la mano verso il bottone dei suoi pantaloni e lo slacciò, liberandogli la lunghezza mentre lui le reclamava la bocca. Voleva divorarla, mangiarla viva. I denti si erano allungati, la vista si era acuita, il che significava che i suoi occhi erano cambiati da verdi a dorati. Le leccò la bocca, trattenendo il ringhio di dominazione che gli saliva in gola.

Non che Ashley protestasse mai quando la prendeva bruscamente.

* * *

Ashley pensò che sarebbe morta se non fosse venuta. La vibrazione nel culo l'aveva trasformata in gelatina, il suo corpo tremava per Ben. «Per favore» sussurrò quando lui interruppe il loro bacio. Teneva la sua' maglietta in pugno e la tirò verso di sé, cercando di spingere nonostante fosse sul fondo.

Fortunatamente, Ben la lasciò fare. La prese con un colpo penetrante, entrando fino in fondo e rimanendo lì mentre lei si dimenava sotto di lui. Avvolse le gambe attorno alla sua schiena per tirarlo più dentro, sollevando i fianchi per farlo affondare dentro di lei.

Ben le afferrò il punto in cui il collo incontrava la spalla, tenendola ferma mentre si ritraeva ed entrava ancora una volta, con forza.

Lei gemette sfacciatamente. «Ho bisogno di te... Ho bisogno di te, per favore.»

La bocca di Ben si allungò in un ghigno da lupo, i denti luccicavano pericolosamente. Si tirò indietro e sbatté dentro di nuovo, gli occhi scintillavano d'oro, la espressione era affamata. Allungò la mano verso i pantaloni ancora attorno alle gambe e lei pensò che se li sarebbe tolti, ma invece tirò fuori un piccolo dispositivo elettronico.

Improvvisamente, la frequenza delle vibrazioni nel sedere aumentò. Urlò, spingendo il bacino contro di lui, cercando disperatamente di ottenere sollievo. Ben, per fortuna, iniziò a spingere dentro di lei, spingendo fino in fondo con una forza che le faceva sobbalzare persino le ossa.

«Oh, Dio, sì. Ti prego...»

«Adoro quando mi supplichi» mormorò, con voce roca. La colpì ancora e ancora, prendendola con la violenza che lei desiderava, ogni colpo troppo forte, troppo forte, ogni ritiro troppo presto.

Sembrava che tutto il suo corpo si aprisse per lui, che il cuore le scoppiasse, il suo essere era completamente suo. Non si dimenava più, non si contorceva o non cercava di dirigere l'azione, perché muoversi in contrasto con lui avrebbe avuto conseguenze dolorose. Si abbandonò completamente a lui, la sua bambola di pezza, la compagna marchiata, aperta al suo seme. «Vieni per me, Ashley» disse con tono gutturale e si scagliò profondamente dentro nello stesso momento in cui afferrò il cordone del vibratore anale, tirandolo attraverso l'anello stretto dei muscoli dello sfintere e lasciandolo a metà fuori, allargandola con la circonferenza ronzante. Andò in pezzi, la figa si contrasse, i muscoli interni si strizzarono in un'ondata dopo l'altra di rilascio strabiliante. Sembrava non finire mai, sia l'orgasmo di lui che il suo. Si convinse di sentire il calore bruciante dello sperma dentro di sé, di percepire il modo in cui il suo corpo lo riceveva gioiosamente, mungendo il cazzo e spingendolo in profondità dentro di lei. Quando finalmente i muscoli smisero di svolazzare, Ben sfilò il vibratore per la parte mancante, ma lasciò l'enorme cazzo dentro di lei.

Senza dubbio, questo era il modo perfetto per fare un bambino. Era stata un'esperienza quasi religiosa e l'euforia che le scorreva dentro fu improvvisamente interrotta solo da un pensiero: aveva rovinato tutto. A causa del suo inganno, quel giorno non sarebbe stato concepito nessun cucciolo di lupo. La pillola lo avrebbe impedito e il suo futuro marito non aveva idea del suo sabotaggio.

Voltò la testa di lato mentre calde lacrime le colavano dagli occhi.

Ben le baciò via, la tenerezza della sua risposta non fece che farla sentire peggio. Pensò che fossero per l'incredibile orgasmo, non per il senso di colpa straziante che le oscurava il petto. Uscendo e sistemandosi accanto a lei, la tirò tra le braccia, baciandole il viso e i capelli, mordicchiandole l'orecchio. «*Te quiero... te amo.*»

Altre lacrime. «Ti amo anch'io, Ben.»

La tenne stretta finché il suo corpo non smise di tremare e la loro temperatura tornò alla normalità.

«Vado in bagno e poi preparo il pranzo» mormorò, liberandosi dal suo abbraccio. In bagno, aprì la cerniera della borsa cosmetica dove aveva nascosto le pillole e le fissò con disgusto. Lo stomaco le si contrasse e le venne da vomitare. Se solo fosse riuscita a vomitare la dose di metà mese che aveva già preso. Si chiese cosa sarebbe successo se avesse smesso di prenderle quel giorno. C'era ancora una possibilità di gravidanza? E se sì, il bambino sarebbe stato sano o le pillole avrebbero causato qualche anomalia?

Il rumore della porta che si apriva dietro di lei la fece sobbalzare e sussultare, tirò la mano con le pillole dietro la schiena mentre si girava per affrontare Ben.

Lui si bloccò.

Era stupido cercare di ingannarlo: aveva istinti da mutaforma che lei non riusciva a capire. Il suo udito e la sua vista erano dieci volte migliori dei suoi. La sua espressione non mostrava nulla, ma ogni dubbio che lei avesse sul fatto che lui avesse visto qualcosa svanì quando disse con voce mortale: «Che cos'è, Ash?»

Lacrime di vergogna le scesero immediatamente dagli occhi mentre lei, con riluttanza, porse la mano per mostrargliela. «Mi dispiace» disse, allargando le dita per mostrargli le pillole.

Lui la fissò, un'espressione di incredulità gli annebbiò il viso. «Cos'è?» ripeté.

Glielo avrebbe fatto dire. Lei non riusciva a incrociare il suo sguardo. Fissando le pillole, ripeté: «Mi dispiace, Ben.» Le si incrinò la voce sulle parole. «Ti ho mentito. Io... io non sapevo se ero pronta ad avere figli.»

Ben non si mosse. Rimase immobile come un cadavere. «Perché mentire?»

Altre lacrime le rigarono le guance. «Io... io...» abbassò le spalle. «La prima volta che ne hai parlato, non ci pensavo più lucidamente e dopo... non lo so. Sono stata una codarda, credo. Ho avuto paura.»

Fece un passo, non verso di lei, ma all'indietro. «Avevi paura di me?» La sua voce era così calma, così priva di emozioni, come il vuoto sul suo viso, che la spaventò.

«Ben...» Si fermò. Cos'altro c'era da dire? Non aveva scuse, nessuna spiegazione per un inganno che aveva permesso che andasse avanti per troppo tempo perché lui potesse perdonarlo. «Mi dispiace» sussurrò.

Lui si voltò, togliendosi la maglietta mentre se ne andava. Il che significava che stava per mutare. Lei rimase sulla porta del bagno, a guardarlo mentre si toglieva i pantaloni nel corridoio e si trasformava con grazia liquida in un enorme lupo nero.

«Ben» lo chiamò, in modo insensato.

Lui non si voltò a guardare indietro prima di ficcare il naso fuori dalla porta per cani, scomparendo.

La casa non le era mai sembrata così vuota.

Capitolo due

Ben non riusciva a crederci. Si allontanò a grandi passi, verso le colline, con la mente e il corpo intorpiditi. Avevano affittato di proposito una casa vicino alla natura selvaggia, così che lui potesse scorrazzare a suo piacimento in forma di lupo, e ora correva su per il ripido pendio di una parete di montagna, desiderando di correre per sempre.

Ashley gli aveva mentito. Aveva tradito la sua fiducia. Ma ancora peggio, lo aveva fatto perché aveva paura di dirgli la verità. Quel fatto lo aveva colpito come un pugno nello stomaco. Che tipo di compagno era se la sua femmina non riusciva nemmeno a parlargli delle cose che erano importanti per lei?

Perché non aveva mai visto un briciolo di codardia in Ashley. Anche da umana, aveva le caratteristiche di una femmina alfa scritte in tutto il corpo: sicura di sé, intelligente e un genio sociale. Poteva convincere chiunque. Aveva osato scherzare con lui durante il colloquio, anche se era nervosa. E aveva continuato ad aprirgli il suo cuore, quando lui l'aveva ripetutamente zittita. Quindi sentire che lei lo temeva significava che non lo aveva perdonato né aveva dimenticato il modo in cui l'aveva marchiata. Significava che non c'era alcun livello di fiducia tra loro.

Immagini di sua madre, che si rannicchiava per l'ira di suo padre, gli balenarono davanti agli occhi. Corse più veloce, sul terreno roccioso, il freddo vento di febbraio che gli soffiava tra la pelliccia. Aveva sempre temuto di diventare suo padre. Era il motivo per cui non aveva voluto guidare il branco di suo fratello e non aveva cercato una compagna. Ma non si poteva sfuggire ai genitori, a quanto pareva.

Il rapporto amorevole e fiducioso che suo fratello aveva così facilmente modellato con sua moglie e che lui aveva scioccamente pensato di poter trovare con Ashley non era per lupi come lui. La giornata grigia diventava più fredda, man mano che saliva. Il tempo e la distanza svanivano e raggiunse la linea degli alberi, dove la neve ricopriva ancora il terreno. La neve fresca cominciò a cadere.

Si fermò, girandosi in tondo per annusare l'aria. Sentì odore di alce, ma non era dell'umore giusto per cacciare. Seduto, sollevò il naso al cielo e ululò, un lungo e lugubre ululato.

* * *

Solo uno spazzolino da denti avrebbe potuto togliere lo sporco tra le fughe della doccia. Ashley si tirò su le maniche e tornò a mettersi carponi nella vasca da bagno vuota, strofinando le piastrelle. Aveva attaccato la casa, pulendola da cima a fondo, come se in qualche modo questo potesse sistemare le cose con Ben. Ormai erano quasi le sei e lui non era ancora tornato. Il suo stomaco si era stretto come un pugno.

Quando ebbe finito di pulire, grigliò tre bistecche e preparò un'insalata greca e quinoa alle erbe.

Non era ancora tornato a casa. L'orologio segnava le otto e mezza. Era calata la notte e i fiocchi di neve avevano iniziato a cadere. Di sicuro il freddo non lo infastidiva. Ma, nonostante ciò, era forse un segno di quanto fosse arrabbiato il fatto che non fosse tornato, nonostante il buio e il freddo?

Incapace di mangiare, piazzò il cibo nei piatti, li coprì con pellicola trasparente e li mise in frigorifero. La casa non sembrava più sua. Ci camminava in punta di piedi, come se non ci fosse posto, ogni scricchiolio del pavimento in legno la faceva sobbalzare. Avvolgendosi una coperta intorno alle spalle, si sedette e accese la televisione, cambiando canale. Trovò un vecchio film di Clint Eastwood e lo guardò finché le palpebre non iniziarono ad abbassarsi. Forse avrebbe dovuto semplicemente andare a letto. Ma sarebbe tornato presto? O era andato altrove per la notte? Era la fine per loro? Le lacrime le pizzicarono gli occhi, ma sbatté le palpebre, dirigendosi verso la camera da letto per cercare di dormire. Si svegliò alle due del mattino e trovò lo spazio accanto a lei nel letto ancora vuoto. Un senso di terrore le riempì il petto mentre scendeva dal letto per controllare la casa. Si fermò in soggiorno, trovando la forma addormentata di Ben distesa sul divano. Era nudo, come se fosse appena mutato. I muscoli cesellati del potente petto e delle braccia erano esposti, con una leggera coperta gettata sulla vita. Non dormivano insieme? Si costrinse a espirare, ma non riusciva a riprendere fiato. Significava che le cose tra loro erano finite? Il naso le bruciava mentre le lacrime le si affollavano in gola. Si avvicinò furtivamente al lato del divano e si inginocchiò accanto al viso di Ben, le lacrime le rigavano le guance.

Aprì gli occhi e si sedette. «Ashley» disse con voce roca. «Vai a dormire.»

«Non posso» disse lei. Si ricordò che una volta le aveva detto che l'odore delle sue lacrime lo avrebbe fatto cadere in ginocchio. Pensò di vedere dolore nei suoi occhi, ma nell'oscurità era difficile dirlo. «Possiamo parlare?» gracchiò.

Lui sospirò. «Ne parleremo domani.»

«Vieni a letto?»

«No» disse lui con voce pesante. «Non credo.»

«Allora resto qui» disse lei, asciugandosi le lacrime con il dorso della mano.

«No» disse lui, con voce più dura. «Torna a letto. Ora.»

Scosse la testa. Lui emise un verso irritato e allungò la mano verso di lei, paralizzandosi quando lei sussultò. «Hai paura di me» disse con voce cupa.

Aprì la bocca, poi la richiuse, incerta su come rispondere. Aveva sussultato perché era spaventata? No, non proprio. Razionalmente, non aveva paura di Ben, ma il suo predominio aveva un effetto su di lei, facendo scattare il suo istinto di autoconservazione, proprio come vederlo in forma di lupo la faceva sempre deglutire.

«Ecco perché hai pensato di dovermi mentire.»

Scosse la testa. «Io... non volevo deluderti all'inizio. E poi, una volta che la bugia è uscita, ho avuto paura di confessare la verità perché sapevo che ti saresti arrabbiato, giustamente.»

«Pensavi che ti avrei costretta a fare la mamma? Che non avresti avuto voce in capitolo?»

«No... no. Ma sembravi così eccitato. E io...»

Aspettò quando lei si interruppe.

«La mia carriera è appena iniziata. Amo lavorare per te e non sono ancora disposta a rinunciarci.»

«Questa discussione avremmo dovuto farla cinque mesi fa.»

Abbassò la testa e fissò il contorno delle sue mani nel buio. «Lo so.»

«Non ti avrei spinta» disse lui, con un tono amaro nella voce. «Pensavo che lo volessi.»

«Lo voglio» protestò lei. «Ma forse non in questo momento. Non siamo ancora sposati.» Sapeva che l'istituzione del matrimonio non importava ai mutaforma come agli umani, ma avevano concordato di avere un lungo fidanzamento per dare a lei e alla sua famiglia il tempo di adattarsi alla repentinità della loro relazione. Nel mondo di Ben, lui l'aveva marchiata e lei apparteneva a lui, punto. Lo aveva accettato, ma voleva ancora del tempo per abituarsi all'idea.

«Smetterò di prendere la pillola. Stavo per buttarla via oggi, quando mi hai beccata.»

Fece un gesto impaziente. «Non devi farlo. Non mi interessa. Pensi che i cuccioli per me siano più importanti della tua felicità?»

La vergogna le fece diventare il viso caldo e gli occhi di nuovo lucidi. «Mi dispiace.»

Non disse nulla. «Mi punirai?»

«No.»

«Perché no?»

«Vai a letto, Ashley» disse lui, con voce stanca.

«Non senza di te.»

La prese di nuovo e questa volta lei rimase immobile, non sorpresa di trovare il suo tocco delicato, nonostante i lineamenti duri del suo viso. La prese tra le braccia e la portò in camera da letto, dove cercò di deporla sul letto. Lei si aggrappò al suo collo, però, rifiutandosi di lasciarlo andare.

Ringhiò e lei quasi lasciò la presa, ma raccolse il suo

coraggio per dimostrare che non aveva paura di lui. Si lasciò cadere sul letto con lei e la tenne ferma, assestandole diversi forti schiaffi sul suo fondoschiena in pigiama.

Lei rimase perfettamente immobile per loro, trattenendo il respiro. Qualche sculacciata avrebbe davvero schiarito l'aria tra loro. Le aveva già dato una seria sessione di sculacciate una volta, e anche se le aveva fatto male e non le era piaciuta, li aveva avvicinati.

Non continuò a sculacciarla, però, né se ne andò. Si sedette accanto a lei sulla schiena, le dita intrecciate dietro la testa, guardando il soffitto.

Avrebbe preso ciò che poteva. Rannicchiandosi contro il suo corpo, gli appoggiò il viso al fianco e chiuse gli occhi, pregando che lui trovasse nel suo cuore la forza di perdonarla.

* * *

Ashley irradiava ansia. Mandava in tilt il suo istinto da mutaforma sentire lo stress della sua compagna, eppure non riusciva a cambiare le sue emozioni, che sembravano in gran parte morte. Era tornato a essere quello che era prima di incontrarla: "l'uomo di pietra" che non provava emozioni, licenziava le persone a piacimento e non sorrideva mai. Le prese la mano nell'ascensore, nel tentativo di calmarla.

Lei lo guardò con i grandi occhi azzurri, con un'espressione supplichevole che gli torceva il cuore. L'ascensore si fermò e le porte si aprirono per far salire altri dipendenti. Ashley si mosse per tirarle via la mano, ma lui la tenne stretta, tirandola leggermente dietro di sé per nascondere la loro stretta. Non la lasciò andare finché non raggiunsero l'ultimo piano e si separarono senza parlare. Non era mai stato un uomo di molte parole, ma persino a lui il silenzio sembrava strano. Il divario tra loro sembrava solo aumentare ogni momento che passava.

Non era arrabbiato. Tradito, sì, e si sentiva un idiota per i mesi in cui aveva pensato che stessero cercando di concepire un bambino mentre lei prendeva la pillola. La mancanza di fiducia tra loro lo aveva devastato. Non era il tipo che si fidava o amava facilmente, ma quando aveva preso Ashley come compagna, aveva pensato di aver voltato pagina. Ora, poteva praticamente sentire i vecchi muri rimettersi in piedi attorno al suo cuore.

Peggio ancora, non riusciva a smettere di pensare alla paura che Ashley aveva di lui. Forse accoppiarsi con un'umana non poteva funzionare. La differenza nelle loro capacità fisiche li avrebbe sempre separati. I mutaforma avevano un ordine di branco. Il dominio era stabilito e mantenuto con espressioni fisiche. I maschi risolvevano i problemi con altri maschi con una lotta. Risolvevano i problemi con una femmina con delle sculacciate. Ad Ashley non importava, diavolo, le piaceva quando lui ostentava la sua autorità, ma, nonostante ciò, doveva preoccuparsi che avrebbe perso il controllo come era successo quando l'aveva marchiata, causandole ferite e danni veri. Non la sentì fino all'ora di pranzo, quando bussò alla porta ed entrò. Di solito il suo sorriso e la sua presenza gli rallegravano le giornate. Quel giorno, sembrava sminuita, quasi timida, il che non si adattava alla sua personalità estroversa. Odiava vederla in quello stato.

«Vuoi pranzare? O, ehm, vuoi che ti prenda qualcosa?»

Non voleva andare a pranzo con lei. Solo vederla lo addolorava. «Portami un panino» disse, senza voler sembrare così brusco.

Lei chinò la testa e annuì, uscendo senza dire una parola.

Accidenti. Perché aveva un tale talento nel peggiorare le cose?

Gli portò il panino e lui mangiò da solo alla scrivania. Si dedicò ai resoconti finanziari per il resto della giornata, non riemergendo fino alle sei, quando chiuse l'ufficio e trovò Ashley accasciata sulla sedia, che fissava lo schermo del computer.

«Sei pronta?» chiese. Sembrava delusa, come se avesse sperato che lui dicesse qualcos'altro. Ma cosa c'era da dire?

Camminarono in silenzio verso l'ascensore. Una volta dentro, lui le mise un braccio intorno e la tirò al suo fianco, dove lei si sciolse contro di lui. Si chinò per baciarle la sommità della testa.

Lei sollevò gli occhi. «Stiamo bene?»

«Sì» disse lui, ma entrambi sapevano che era una bugia.

A casa, andò in cucina e iniziò a riscaldare la cena che aveva preparato per loro la sera prima. Lui si tolse la giacca e la cravatta e sbottonò la camicia dal colletto. Dalla cucina, sentì l'odore di bistecca, ma anche l'odore salato delle lacrime di Ashley.

Niente placava un mutaforma più dell'odore dell'ango-scia della sua compagna. Dannazione. Entrò in cucina e trovò Ashley di fronte ai fornelli, le spalle curve e le lacrime che le rigavano il viso.

«Ehi» disse dolcemente, voltandola. «Basta.» Le asciugò le lacrime dal viso. «Non aiuta per niente.»

«Cosa può farlo?» chiese, con la voce che saliva fino al tono della disperazione. «Perché non sopporto di vivere in questa situazione sconosciuta che abbiamo al momento. Perché non mi urli contro? O non mi punisci? Non sei tu l'alfa qui?» Gli diede una spinta inefficace, il viso contratto in una piccola palla di rabbia.

«Basta» disse, intridendo la voce con il tono duro dell'autorità.

«Davvero?» Gli diede una pacca sul petto con il palmo della mano.

Pur sapendo che intendeva provocarlo, lui reagì d'istinto, come avrebbe fatto qualsiasi lupo dominante quando veniva sfidato, afferrandole il polso e facendola girare per bloccarglielo dietro la schiena. Le diede il primo colpo prima di avere la possibilità di pensare.

Si fermò, inspirando profondamente. Non voleva questo. Se lo temeva, darle una sculacciata non sarebbe servito a niente. Ma lo aveva praticamente implorato. Forse ne aveva bisogno, per placare il suo senso di colpa. Di certo non stava lottando con lui ora, immobile, con la testa piegata in avanti così che i suoi folti capelli le nascondessero il viso.

La lasciò andare e la girò verso il soggiorno. «Togliti i vestiti e inginocchiati nell'angolo laggiù» disse, indicando quello vicino al divano.

Si mosse immediatamente, senza incrociare il suo sguardo, con la testa ancora china in modo sottomesso.

Lui rimase dov'era, in conflitto. Era troppo tardi per cambiare idea, ovviamente. Ma se punirla avesse solo peggiorato le cose tra loro? Spense il forno, lasciando le bistecche dentro al caldo.

Quando si voltò, Ashley aveva preso la sua posizione. Trattenne il respiro alla vista: i lunghi capelli castano-rossicci che le ricadevano sulla schiena, la svasatura dei suoi fianchi e, naturalmente, il culo perfetto, sistemato tra i talloni dove era inginocchiata. Il cazzo dimenticò la sua riluttanza a punirla, premendo con entusiasmo contro i pantaloni.

Si avvicinò al divano e si sedette. «Vieni, Ashley.»

«Bau» disse, appena più forte di un sussurro, strappandogli un mezzo sorriso. Era stata la sua battuta dal giorno in cui le aveva fatto il colloquio e le aveva detto di sedersi. Lui non aveva riso allora, eppure lei aveva insistito, proprio come aveva perseverato nonostante i ripetuti rifiuti del suo affetto.

Si avvicinò per mettersi di fronte a lui, il mento abbassato, le mani giunte dietro la schiena.

«Perché ti sto punendo?»

«Per-» Si schiarì la gola. «Per aver mentito.»

Aspettò.

«-signore» aggiunse.

Lui non disse nulla, rimanendo inespressivo.

Si morse il labbro. «Avrei dovuto sapere che avresti ascoltato e apprezzato i miei sentimenti sulla questione. L'hai sempre fatto.»

Le sue parole gli arrivarono come un sollievo.

«Ben?»

Sollevò un sopracciglio in attesa. «Mi faresti restare a casa con i bambini?»

La afferrò per la vita e la tirò a sedersi sulle sue ginocchia. «Cosa?» chiese. «È così che pensi che funzionino le cose qui?»

Gesticolò con le mani.

Prendendole il mento, le sollevò il viso verso il suo.

«Non lo so. È solo che... tua cognata...»

«È quello che voleva Shayla. Non ha mai avuto interesse a essere coinvolta nell'azienda di Leon; ecco perché l'ha lasciata a me. Shayla voleva essere ben accudita, così da potersi dedicare ai suoi figli.» Studiò gli occhi azzurri di Ashley. «Pensavi che fosse una cosa da mutaforma? È per questo che siamo arrivati a questo punto?»

Scrollò le spalle. «Beh, fa parte della mia paura. Ma è anche che non sono ancora pronta.»

Annuì lentamente. «Guarda, so di essere stato uno stronzo. Ho gestito la Stone Tech come un dittatore, ed era la mia strada o quella del diavolo. Ma con te...» Si interruppe, la gola chiusa dall'emozione. «Ti aspettavi di più da me, credevi che avessi un cuore. Con te, pensavo di essere cambiato.»

Il labbro di Ashley tremò.

«Non trasformarmi di nuovo in quel tizio. Pensi davvero che ti farei fare qualcosa che ti renderebbe infelice?»

Una lacrima le scese lungo la guancia e lui la asciugò con il pollice. «No. Mi dispiace» sussurrò. «Mi dispiace davvero.»

* * *

Ben la sollevò dal suo grembo, girandole abilmente la faccia verso il basso, il sedere nudo perfettamente angolato per la punizione. Le venne la pelle d'oca. Allungò la mano verso uno dei cuscini, avvolgendolo con le braccia. Le prime sculacciate bruciarono di più, lo shock fu molto più forte di quanto si aspettasse.

Si rese conto di quanto si trattenesse quando la sculacciava per divertimento, perché ogni schiaffo della sua mano ora colpiva con una forza sufficiente a farle perdere il fiato. Voleva stare ferma, ma si ritrovò a contorcersi e a muoversi, cercando di divincolarsi dal suo grembo. Lui le avvolse un braccio intorno alla vita e la tirò a sé.

«Non scalciare o mi tolgo la cintura» la avvertì.

Incrociò le caviglie, stringendole insieme per non scalciare. L'avvertimento in realtà fu un sollievo: significava che non aveva pianificato di usare la cintura più tardi. Non che importasse al momento, la sua mano stava già facendo abbastanza danni. Cadeva veloce e forte, prima su una natica, poi sull'altra, poi in pieno centro.

Strinse le labbra per non gridare mentre lui la sculacciava più e più volte. Affondò la testa nei cuscini del divano, mordendo il tessuto. «Ahi... per favore» si ritrovò a implorare, nonostante la sua determinazione a prenderla da brava ragazza.

Continuarono a cadere forti schiaffi, il bruciore che si era formato per le precedenti rendeva tutto ancora peggiore.

«Ben... oh! Per favore» piagnucolò, le natiche ora le pulsavano mentre lui continuava a sculacciarla senza sosta.

Si fermò, appoggiando la mano sulla sua pelle calda. «Per quanti mesi mi hai fatto credere che stavamo cercando di concepire un bambino, Ashley?»

Si rannicchiò, la vergogna era peggiore del dolore. «Cinque mesi» borbottò sul divano.

«Quanti?» chiese bruscamente.

Si voltò per parlare. «Cinque, signore.»

Riprese a sculacciarla di nuovo, forte e veloce come prima. Lei gemette e si dimenò, allungando la mano all'indietro per cercare di massaggiarsi.

Le afferrò il polso e glielo piegò dietro la schiena. «Sai che non devi, ragazzina» disse con il suo tono più severo e disapprovante.

Incurvò le spalle per resistere agli schiaffi strazianti. «Mi dispiace» gemette.

Fortunatamente, si fermò di nuovo. «Cinque mesi di inganno meritano cinque sessioni di sculacciate, non credi?»

«Stasera?» chiese, improvvisamente terrorizzata.

Ridacchiò. «Non stasera.»

«Quando?»

«Quando deciderò io.»

L'aiutò a mettersi in piedi e lei si afferrò il sedere in fiamme. «Questa sessione non è finita» la avvertì. «Vai a metterti nell'angolo mentre prendo qualcosa dalla cucina.»

Si diresse all'angolo, cercando di strofinare via la bruciatura.

«Non strofinare» gridò Ben dalla cucina. «Intreccia le dita sulla testa.» Lei sospirò e obbedì, sentendosi come una ragazza molto cattiva che era già stata punita per bene. Cos'altro aveva intenzione di fare?

Sentì i rumori di lui che frugava in cucina e poi ritornò in soggiorno. I suoi passi risuonarono dietro di lei.

«Piegati e afferrati le caviglie» disse, tirandole indietro i fianchi per darle spazio per piegarsi.

Deglutì, con la bocca secca.

Aspettò che obbedisse, osservandola piegarsi lentamente e allungarsi verso il pavimento. Lo stiramento del sedere non fece che peggiorare le pulsazioni. Le premette qualcosa di scivoloso e fresco contro l'ano e lei sussultò, cercando di chiudere le natiche. La posizione la teneva distesa su di lui, però, e lui spinse con più insistenza, finché lei non si rilassò e gli permise di entrare.

«Puoi alzarti ora» disse, muovendo l'oggetto dentro di lei. Girandole i fianchi, usò l'oggetto invadente per spingerla in avanti, finché non raggiunse il bracciolo del divano. «Piegati» disse, premendole il busto verso il basso. «Questo è zenzero» disse. «Lo terrai dentro per il resto della sessione di sculacciate. Mi assicurerò che il fondoschiena ti bruci all'esterno e all'interno» disse.

Cercò di raddrizzarsi, allungando il collo per guardare, ma Ben la spinse di nuovo giù e la tenne ferma. «Se farai la brava ragazza, finirò questa sessione con la mano» disse.

«Ciò significa che non devi divincolarti o scalciare. Se fai la cattiva, mi toglierò la cintura e ti colpirò finché non urlerai. Hai capito?»

Il cuore le rimbombò nel petto. «Sì, signore», sussurrò, la figa si contrasse nonostante la paura.

Le afferrò i capelli nel pugno e le tirò indietro la testa. «Ti piace quando ti punisco» le ringhiò nell'orecchio, probabilmente annusando l'odore della sua eccitazione.

I capezzoli le si indurirono. La ruvidezza nella sua voce tradiva il suo desiderio per lei. Il suo lupo era tornato da qualsiasi posto freddo in cui si era rintanato.

«Non mi piace» disse, il che era una mezza verità.

Le tirò di nuovo indietro i capelli. «Sì, invece sì.»

«Non mi piace deluderti.» Era assolutamente vero.

Le serrò leggermente i denti sulla spalla, poi li aprì: un morso d'amore. Si rese conto di un bruciore causato dallo zenzero e gemette. «Brucia.» Lui le lasciò i capelli e la spinse di nuovo giù. «Deve bruciare. Ti sto dando una lezione, ragazzina. Mi mentirai?»

«No, signore» disse, deglutendo mentre lui ricominciava a sculacciarla, con la stessa forza di prima. Questa volta, il culo era già dolorante e ora anche l'ano le bruciava. Strinse i muscoli, il che non fece che peggiorare la situazione. Ben sculacciava e colpiva, spietato nella sua punizione mentre lei giaceva inerme sul bracciolo del divano con un bastoncino di zenzero nel culo. Tutto il suo corpo iniziò a riscaldarsi a causa della radice e iniziò a sudare. La figa si gonfiò, riscaldandosi insieme a tutto il bacino, l'eccitazione le gocciolava lungo le gambe. «Oh, brucia... brucia» gemette. Ogni volta che si spostava o stringeva, incitava una nuova fioritura di agonia dalla radice di zenzero. Questo, unito al dolore delle sculacciate apparentemente infinite, sembrava più di quanto potesse sopportare. «Ben» piagnucolò. «Mi dispiace. Mi dispiace tanto. Sarò una brava ragazza» supplicò. «Non mentirò mai più. Per favore non sculacciarmi, per favore non-»

«Shh.» Le sculacciate cessarono. Ben le fece scivolare un dito tra le gambe, sulla fessura lucida.

«Per favore, toglilo» implorò.

«No» disse lui. «Ti scoperò con quello dentro.»

La figa si contrasse, desiderosa di qualsiasi cosa lui volesse darle.

Il dito aveva trovato il clitoride, facendo movimenti circolari intorno al nodulo sensibile.

Sentì la cerniera e allargò le gambe, inarcando la schiena.

Spinse lo zenzero più in profondità, creando un nuovo bruciore tortuoso e le diede altri schiaffi sul sedere. «Non puoi venire» disse mentre la allargava con il grosso cazzo.

«Cosa?» chiese lei, confusa.

«Mi hai sentito, ragazzina. Sei stata cattiva e sei stata punita. Non credo che tu meriti di venire stasera.»

Non riusciva a crederci. Non venire sarebbe stato impossibile. Era quasi venuta quando lui le aveva detto che l'avrebbe scopata. Eppure, disobbedirgli, quella sera tra tutte le sere, sembrava fuori questione.

«Ben» piagnucolò. «Per favore... devo venire.»

Lui fece scivolare il cazzo dentro e fuori da lei, spingendo lo zenzero più in profondità a ogni colpo. Il bruciore era insopportabile e il bisogno così grande che pensò di esplodere.

«No.»

Le afferrò la vita e accelerò, pompando più forte. Si arrese, offrendosi a lui, cercando di dimenticare il dolore e la crescente disperazione che l'attendeva.

* * *

Ben si seppellì profondamente dentro Ashley, liberandosi. La avvolse con le braccia da dietro, sollevandole il busto e strofinandole il collo. Era stato uno sciocco. Ashley aveva avuto ragione, come al solito. Una sculacciata aveva sistemato tutto. O almeno li aveva fatti tornare insieme, per affrontare le loro sfide come coppia, piuttosto che come due isole che si allontanavano.

Le prese i seni tra le mani, facendo roteare i pollici sui capezzoli.

Lei gemette sfacciatamente.

Si svincolò da lei e tirò fuori il pezzo di zenzero dal sedere. «Non vestirti» le mormorò all'orecchio. «Voglio che tu mi serva la cena così come sei.»

Si girò tra le sue braccia, appoggiandogli le mani sul petto e guardandolo timidamente.

Lui si chinò per baciarla, reclamandone la bocca con grande autorità, facendo scivolare la lingua tra le sue labbra, mostrandole con i fatti ciò che aveva difficoltà a esprimere.

Quando si separarono, vide il suo sollievo. Aveva capito che era stata perdonata e che tra loro andava tutto bene. Lui fece un passo indietro per lasciarla passare. «Vai avanti» disse, dandole uno schiaffo sul sedere arrossato mentre lei si girava verso la cucina.

Alzò la temperatura del termostato in modo che non prendesse freddo saltellando nuda per la cucina e si sistemò su una sedia per guardare, il cazzo aveva già dimenticato la sua recente uscita.

Le mani di Ashley scivolarono sulle natiche gonfie, massaggiandole e strofinando via il bruciore. Sperava di non averla sculacciata troppo forte da lasciare dei segni. Per quanto fosse stato riluttante all'inizio, una volta iniziato a sculacciare, le sue emozioni si erano schiarite. La sua disponibilità ad accettare il dispiacere in quella forma aveva alleviato tutto il suo malcontento, lasciandolo in apprezzamento per la sua bellissima sottomissione.

Ora, mentre serviva le insalate nei loro piatti e tirava fuori dal forno bistecche e quinoa, i suoi occhi erano luminosi di desiderio non esaurito, il viso ancora arrossato. Gli lanciava occhiate da sotto le ciglia, inviandogli ogni volta una nuova ondata di lussuria.

«È pronto» mormorò, voltandosi verso di lui.

Le rivolse un sorriso pigro e si srotolò dalla sedia, dirigendosi verso il tavolo. «*Gracias, mi amor.*»

Lei posò i piatti ai loro posti, ma prima che potesse sedersi, lui le afferrò la vita e la tirò giù per farla sedere sulle sue ginocchia. Sussultò un po' al contatto del fondoschiena irritato con i suoi pantaloni, ma poi si rannicchiò.

«Stasera mangi qui.»

«Okay» disse, con tono compiaciuto.

Lui prese il coltello e le tagliò un pezzo di bistecca, che si era leggermente seccata per essere stata riscaldata.

«Mi dispiace» disse. «Ieri era meglio.»

Lui la infilzò con la forchetta e gliela sollevò verso le labbra carnose. «Va bene» la rassicurò. «Ed è stata colpa mia, quindi non scusarti.»

Masticò, i capelli che le cadevano in avanti le coprivano parte del viso.

Lui glieli scostò, guardandola mangiare.

«Voglio avere i tuoi bambini» disse quando deglutì.

Lui represse un sorriso. «Peccato. Hai avuto la tua occasione e l'hai sprecata.»

Gli occhi blu oceano gli studiarono il viso. «Ho buttato via le pillole.»

Lui rinsavì, il suo petto si fece di nuovo pesante per questo conflitto che non avrebbe mai dovuto essere un problema. «Ash... tesoro. Non ti sto chiedendo di avere i miei cuccioli. Pensavo che li volessi subito e ci ho provato. Mi ha eccitato pensare di metterti incinta. Ma posso aspettare, non ho mai voluto farti pressione.»

«Lo so» disse, toccandogli le labbra con il polpastrello dell'indice. «Ma ho capito che tu... che la nostra famiglia è più importante della mia carriera.» Lui le prese le dita e le baciò. «Ricomincia a prendere la pillola» disse, aggiungendo durezza alla sua voce in modo che lei sapesse che la sua decisione era definitiva. «Ne riparleremo tra un anno. Capito?»

Le si riempirono gli occhi di lacrime e annuì. «Sì, signore.»

«Brava ragazza.» Le mise un altro boccone di bistecca in bocca.

Continuò a darle da mangiare mentre le accarezzava la pelle morbida e si godeva la vista dei seni perfetti che rimbalzavano vicino al suo viso. Quando ebbero finito, la aiutò a pulire la cucina, poi la prese in braccio e la portò a letto, dove la stese a pancia in giù. Il sedere era ancora rosso, la figa ancora luccicante e bagnata tra le cosce. Le accarezzò il sedere, stringendole le natiche doloranti.

«Mmm» la incoraggiò.

Le si arrampicò sopra, slacciandosi la camicia. «Il problema con le ragazze cattive come te è che vi piacciono troppo le sculacciate» disse, afferrandole i capelli e tirandole la testa di lato per morderle la spalla. «Devo essere molto fermo per impressionarti. Non è vero?»

Gemette, probabilmente non sapendo come rispondere a una domanda del genere.

Lui si sfilò la camicia e la canottiera, poi sbottonò i pantaloni e li tolse. «Ora puoi darmi piacere» disse, sistemandosi accanto a lei sulla schiena. Si arrampicò sulle mani e sulle ginocchia, strisciando su di lui con un'impazienza che gli fece alzare il cazzo a tutta forza prima ancora che lei arrivasse. Si leccò le labbra mentre allungava la mano verso il suo membro, poi chinò la testa e gli passò la lingua sotto il glande.

Rabbrividì di piacere, spingendo i fianchi verso l'alto per averne ancora.

Gli rivolse un sorriso sornione, abbassando le palpebre in modo seducente e aprendo la bocca per inghiottire la cappella.

La raggiunse, seppellendo le dita nei suoi folti e lucidi capelli mentre lei abbassava e sollevava la testa sul suo membro. Lei succhiò forte, muovendo la lingua in un movimento vorticoso che gli fece girare la testa dal desiderio.

«Porta il culo qui» disse lui, con voce roca.

Si girò di lato, offrendogli il fondoschiena punito mentre continuava a stuzzicare abilmente il cazzo con la lingua.

Le fece cadere la mano sul fondoschiena, facendola balzare in avanti e ingoiare profondamente il cazzo. «Ti dico una cosa, ragazzina. Stai facendo un lavoro così buono a succhiarmi il cazzo che potrei lasciarti venire. Ma non toccherò quella tua bella fighetta. Tutto quello che farò è sculacciare il tuo culo rosso. Pensi di poter venire solo con una sculacciata?»

Emise un verso intorno al suo cazzo, la vibrazione gli trasmise un brivido di piacere dritto alle dita dei piedi.

La schiaffeggiò di nuovo. «Era un sì?»

Si staccò da lui. «Sì, signore.»

Un'altra sculacciata, questa volta più forte. «Ho detto che potevi smettere di fare quello che stai facendo?»

«No, signore» disse, tornando alle sue cure.

La sculacciò lentamente, deliberatamente. Non troppo forte, ma nemmeno dolcemente. Mirò al centro delle natiche, appena sopra il sesso.

A giudicare dall'entusiasmo con cui si applicava al suo membro pulsante, sapeva che si stava avvicinando. Lasciò cadere la mano ancora e ancora mentre lei si dondolava freneticamente su di lui, mugolando e succhiando. Vederla andare in pezzi fu la sua rovina. Le palle si contrassero.

«Sto venendo» la avvertì, ma lei non si fermò. Continuò a sculacciarla, più velocemente ora, chiedendosi se sarebbe stata in grado di farlo. Mosse i fianchi, roteandoli, implorando di essere scopata, ma lui si oppose a toccarla se non per sculacciarla. Venne e lei si fermò, ricevendo il suo seme in bocca, la mano stretta intorno alla base del cazzo.

Si sedette e deglutì, lanciando a Ben il suo sguardo selvaggio.

Lui si sedette e se la tirò sulle gambe, riprendendo a sculacciare.

Lei allargò le gambe, inclinando il sedere verso l'alto, sollevandolo per incontrare la sua mano. Con le dita che si contorcevano nel copriletto, si inarcò, i denti scoperti come un piccolo gatto selvatico.

«Solo le ragazze più cattive possono venire dopo aver ricevuto solo sculacciate sui loro sederi rossi e doloranti.»

Gridò, stringendo le gambe e strofinando i fianchi sul suo grembo, il sedere stretto e le dita dei piedi puntate dritte dietro di lei.

Lui ridacchiò, stringendole i glutei tesi e tremando.

«Ecco la mia ragazza» mormorò. «Sapevo che ce l'avresti fatta.»

Sollevò la testa dalle braccia, con aria esausta. «Questo conta come una sessione di sculacciate?»

Gettò indietro la testa e rise. «Sì. Ma non pensare che saranno tutte così piacevoli.»

Capitolo tre

Il telefono sulla scrivania di Ashley squillò, il display mostrò il numero di Ben.

«Ciao» disse senza fiato.

«Signorina Bell, ho bisogno di vederla subito nel mio ufficio» disse lui.

Un brivido di eccitazione la percorse. «Sì, signor Stone» disse e riattaccò. Le piaceva quando lui giocava al capo severo con lei.

Passò davanti alla segretaria, le fece un cenno di assenso ed entrò nel suo ufficio.

«Chiudi la porta» disse lui, «e chiudi a chiave.» Come al solito, il suo viso non lasciava trapelare nulla.

Girò la serratura, l'eccitazione si scontrava con la preoccupazione. Le avrebbe dato delle sculacciate lì dentro? E avrebbe rischiato che Karen o altri sentissero?

Come per rispondere alla sua domanda inespressa, si alzò e indicò la sua scrivania. «Piegati» disse.

Esitò abbastanza a lungo da guadagnarsi un sopracciglio inarcato, che la spinse ad agire. Anche se stavano giocando, non aveva alcun desiderio di guadagnarsi la sua disapprovazione. Non dopo tutto quello che era successo. Si avvicinò alla scrivania e si chinò, appoggiando le mani sulla superficie di noce.

Lui si girò per mettersi dietro di lei e le sue dita le sfiorarono le cosce, inviandole una scossa elettrica. Trovò l'orlo della gonna e lo tirò su lentamente finché non si raggomitolò intorno alla vita.

L'aveva già sculacciata nel suo ufficio prima, ma le aveva lasciato le mutandine su per non fare rumore. Questa volta, però, le sfilò fino a metà coscia.

La pancia le sussultò.

«Hai mai sentito parlare del loopy johnny, Ashley?»

«No—» Si schiarì la gola. «No, signore.»

Le fece scivolare un attrezzo davanti sulla scrivania. Aveva un manico di legno, avvolto in pelle, e tre anelli di sottile cordino nero che si estendevano dal manico.

Lei rabbrividì.

«Pare che sia uno degli attrezzi più silenziosi per sculacciare. Ovviamente, tu potresti non essere silenziosa quando ti righerà la pelle nuda, quindi sarà questa la difficoltà.» Si costrinse a respirare.

«Bacialo e ringraziami per le sculacciate.»

Abbassò le labbra sul manico, annusando l'odore della pelle nuova mentre la baciava. «Grazie per avermi sculacciata, signore» disse.

Le tolse l'intrigante loopy Johnny e le premette una mano sulla parte bassa della schiena.

Aspettò, il fondoschiena strizzato in previsione del primo colpo.

Arrivò molto peggio di quanto si aspettasse. I cerchi le morsero la pelle, pungendo come mille vespe.

Premette i fianchi in avanti contro la scrivania come per allontanarsi e si chiuse la bocca per non gridare, serrando la gola. Ci vollero ben tre secondi prima che riuscisse a respirare, il dolore le mandava punture di spillo incandescenti in tutto il corpo.

Lui lo abbassò di nuovo e ancora una volta barcollò in avanti, desiderando strisciare oltre la scrivania e andare dall'altra parte. La colpì altre due volte e lei allungò la mano per coprirsi il povero fondoschiena, certa di non poterne sopportare di più. «Signorina Bell, tolga subito le mani.»

«Per favore» sussurrò. «Per favore, signore.»

«Le sculacciate non finiranno finché non lo deciderò io. Aggiungerò tre colpi per ogni secondo che ci vorrà per...»

Tirò via le mani.

«Grazie.» Le diede un altro colpo bruciante.

Lei strinse le labbra, gemendo.

Un altro colpo terribile. Poi un altro.

«Oh, per favore» supplicò con un minimo di dignità. Lacrime calde le si aggrapparono alle ciglia.

Ben le sollevò le mutandine, che le irritavano orribilmente, nonostante fossero fatte del raso più morbido. Abbassò la gonna e la girò.

Il suo viso aveva ancora la maschera severa, ma la strinse tra le braccia, baciandole i capelli e accarezzandole la schiena.

«Ahi» gemette, l'eufemismo dell'anno.

Ben le prese la nuca in quel suo modo possessivo, il corpo duro e muscoloso era potente, anche quando era camuffato da un abito. Ne inspirò il profumo maschile, cercando di calmare il tremore nel suo corpo. Si sentì completamente punita da lui, una sensazione deliziosa, in realtà, ora che sapeva che l'aveva perdonata.

Le gambe tremavano sotto di lei, ma Ben la sostenne con un braccio forte intorno alla vita. Le accarezzò l'orecchio, poi il collo.

«Odio il loopy johnny» si lamentò contro la sua giacca.

Lui le tirò indietro la testa per guardarla dall'alto in basso, con gli occhi socchiusi in un'espressione divertita. «L'ho trovato piuttosto efficace. Resterà qui nel mio ufficio per i momenti in cui avrai bisogno della mia immediata correzione.»

L'umidità le gocciolò sulle mutandine.

«Potrebbe perdersi. Sai, durante le pulizie o qualcosa del genere.»

Le prese il mento con l'indice e sollevò un sopracciglio severo. «Sarà meglio che non sparisca o non potrai sederti per una settimana, capito?»

La figa si contrasse.

«Sei cattivo» sussurrò, sollevando le labbra per farsi baciare da lui, il suo lupo alfa che l'aveva presa così abilmente.

* * *

Ben guardò dal letto mentre Ashley usciva nuda dalla doccia per andare in camera da letto. Un ringhio gli salì in gola solo guardando il movimento dei seni nudi mentre camminava. Quando si chinò per frugare nello sportello della biancheria intima, dandogli una visuale completa del suo culo succoso, il sesso che spuntava tra le sue gambe, la sua pelle si riempì di calore.

«Vieni qui» disse, spingendosi a sedersi, con una voce più profonda del normale.

Lei si raddrizzò e si voltò, guardandolo da sopra la spalla. Le sue mani andarono immediatamente a coprirsi il culo e lui ridacchiò.

«I segni di ieri sono scomparsi; sembra che tu abbia lasciato di nuovo una tela bianca per me» disse lui.

Sembrava diffidente. «Non hai portato a casa quella cosa orribile, vero?»

Sorrise. «No. Ma ho comprato qualche altro attrezzo quando ho preso il loopy Johnny.»

Lei rabbrividì, ma i suoi piedi si mossero, portandola verso il letto. «Sappiamo entrambi che non ti serve altro che la tua mano» disse, fingendo un broncio. «Forza da mutaforma e tutto il resto.»

«Sì, ma diventerebbe noioso. Cinque sessioni di sculacciate, tutte con la mano? No. Devo variare un po'.»

Si diede una pacca sul grembo e lei si piegò diligentemente su di esso, l'odore della sua eccitazione fece emergere l'animale che c'era in lui. Nonostante le minacce, non usò altro che il palmo, facendolo pungere, ma mantenendo l'intensità a un livello medio. Guardò la pelle trasformarsi da color pesca e crema a rosa e poi a rosso. Quando il colore iniziò a reggere, si fermò e la massaggiò.

Si dimenò sulle sue gambe in un aperto invito.

Lui allungò la mano verso il comodino, dove aveva riposto i suoi nuovi giocattoli, e tirò fuori la bottiglia di lubrificante. Aprendole le natiche, ne fece gocciolare un po' sull'ano, ridacchiando quando lei strinse il sedere e cercò di rotolare via. «Penso che sia ora di preparare il tuo culo a prendere il mio cazzo» disse, usando un tono di osservazione mentre le afferrava i fianchi e la riposizionava, sollevandole il sedere e inclinandolo perfettamente. Le diede un'altra dozzina di sculacciate per buona misura.

«No-o» gemette. «Il tuo cazzo è troppo grosso. Non ci starà.»

«Prima di tutto, ragazzina, prenderai il mio cazzo ovunque io scelga di metterlo. Secondo, sei punita, quindi il tuo piacere non mi interessa per niente, e terzo, ho qualcosa qui per aiutarti a preparare la strada.» Premette la punta bulbosa di un plug anale contro il suo buco grinzoso. «Apriti per me, Ashley» ordinò.

Lei continuò a stringere contro l'intrusione.

Cambiò mano e le diede diverse rapide sculacciate sulla parte posteriore delle cosce.

«Ahi» strillò. «Ahi, okay! Mi dispiace.» Lui aspettò che rilassasse le natiche e, infine, il cerchio stretto dei muscoli si allentò per accettare il plug in acciaio inossidabile. Lo spinse in avanti, procedendo lentamente per darle il tempo di abituarsi allo stiramento.

«Ohhh, oh» gemette. «Oh—oooh.» La sua voce si alzò di tono alla fine.

«Questo plug rimarrà dentro finché non lo toglierò io, hai capito?»

Si guardò alle spalle. «Vuoi dire che devo portarlo per andare al lavoro?» chiese incredula.

«Sì.» Le diede una leggera pacca sul sedere. «Ora vestiti.»

Arrossì mentre scendeva dalle sue gambe con il plug incastonato nel sedere, il manico ingioiellato che creava una vista deliziosa tra le natiche. La sua camminata sembrò rigida mentre tornava al cassetto della biancheria intima e frugava, allungando di tanto in tanto la mano per toccare il plug.

Soddisfatto, strisciò fuori dal letto e si diresse verso la doccia. Andarono al lavoro in un silenzio confortevole, anche se notò che il viso di Ashley diventava ogni tanto rosa, come se si fosse improvvisamente ricordata del plug nel culo.

Era in ufficio solo da un'ora quando lei bussò alla porta ed entrò.

«So che è una punizione, ma...» corrugò la fronte per l'ansia.

Lui le fece un gesto con il dito. «Vieni qui.»

Si voltò per chiudere a chiave la porta.

Lui si diede una pacca sulle gambe.

Si guardò intorno, nonostante le persiane fossero serrate e la porta fosse chiusa a chiave. Leccandosi le labbra, si sporse e si adagiò sulle sue gambe.

Lui le accarezzò il sedere attraverso la gonna, prolungando il tempo in quella posizione umiliante. Alla fine, le fece scivolare su la gonna e giù le mutandine. Afferrando il plug, lo spinse dentro e fuori da lei un paio di volte, suscitando un basso gemito. «Ecco cosa ti farò stasera con il mio cazzo» promise. «Dopo la tua ultima sessione di sculacciate.»

Gemette di nuovo.

Le tolse il plug dal culo e lo avvolse in un fazzoletto. Tirandole su le mutandine, l'aiutò ad alzarsi. «Fuori» disse, tornando al modo brusco di comunicare che gli era valso il soprannome di "Uomo di pietra".

La cosa la sconcertò, come aveva sperato, e lei si raddrizzò la gonna, apparendo sbilanciata mentre si dirigeva verso la porta.

Lui guardò l'orologio. «Partiremo presto oggi. Alle quattro. Vedi di essere pronta.» Si chinò per nascondere il sorriso. «Sì, signore.»

* * *

Alle quattro in punto, Ashley si diresse verso la porta dell'ufficio di Ben, bussando.

Lui alzò lo sguardo dalla scrivania. «Pronta?»

«Sì, signore.»

Chiuse il portatile e lo prese, infilandolo nella stessa valigetta in cui lei aveva piazzato una bomba che avrebbe potuto ucciderlo. Rabbrividiva ancora al pensiero di cosa sarebbe potuto succedere se non avesse fiutato il complotto contro di lui.

Presero l'ascensore per il parcheggio e Ben la accompagnò al suo lato dell'auto, ma invece di aprirle la portiera, la spinse contro il lato della Mustang, la sua considerevole erezione premuta contro la parte bassa della schiena.

«Piccola, ti mangerò» le ringhiò all'orecchio.

«Non ho paura del lupo cattivo» mormorò, spingendo indietro il suo culo per lui.

«Se non stai attenta, ti farai fottere proprio qui in questo parcheggio, è questo che vuoi?» Le si bloccò il respiro e non riuscì a rispondere, la verità era troppo aggrovigliata e confusa per essere compresa. Sì, certo che voleva essere scopata subito e lì e il pericolo di essere vista avrebbe reso la cosa incredibilmente eccitante. Ma no... assolutamente no. Non poteva certo sopportare di essere scoperta in quel modo. «No, signore» si costrinse a dire.

Si allontanò da lei e allungò la mano per aprirle la portiera, sorridendole mentre lei sprofondava sul sedile.

A casa, le disse di aspettare ad uscire dalla macchina. Camminando, aprì la portiera della macchina e la tirò fuori, gettandosela in spalla con un movimento rapido.

«Ooh» grugnì. «Cosa stai facendo?»

Le diede una pacca sul sedere sollevato mentre la portava in casa.

«Ti ricordi la prima volta che ti ho sculacciata?» chiese, mettendola giù nella loro camera da letto, dove una corda era misteriosamente apparsa sul letto.

La osservò, chiedendosi cosa avesse in mente. «Sì.»

«Sì, signore» la corresse.

«Sì, signore.»

Le avvolse la corda attorno ai polsi, legandoli insieme,

poi glieli legò sopra la testa, facendoli passare sopra la porta del bagno.

Ora capiva. La notte in cui aveva piazzato la bomba nella sua valigetta e scoperto per la prima volta che era un lupo mannaro, l'aveva portata in un motel e l'aveva appesa in questo modo, togliendole la gonna e frustandola con una cintura.

Ora era in piedi dietro di lei, facendo scivolare le mani sotto la camicetta per afferrarle i seni. Le dita trovarono i capezzoli, e li pizzicò e li torse, trovando quel perfetto equilibrio tra dolore e piacere che la fece andare oltre il limite.

Avere le braccia sollevate sopra la testa le faceva sentire i seni ancora più vulnerabili, e si contorse, cercando di proteggersi.

Le slacciò la gonna e la lasciò cadere in un mucchietto ai suoi piedi. Poi le tolse le mutandine, iniziò a slacciarle la camicetta, sempre in piedi dietro di lei. Era intimo e sensuale sentire che la spogliava come una bambina. Sentì il sibilo della sua cintura che scivolava fuori dai passanti e le venne la pelle d'oca sulle braccia.

«Allarga le gambe.»

Sebbene la posizione da legata la costringesse a stare quasi in punta dei piedi, riuscì ad allargare la posizione.

«Se ti muovi, la mia cintura ti prenderà l'anca o la coscia e non ti piacerà. Riesci a stare ferma per le sculacciate, Ashley?»

«Sì, signore» mormorò.

«Brava ragazza.»

Si avvolse la fibbia della cintura intorno al pugno e la lasciò volare, colpendola proprio in mezzo alle natiche.

Strillò, staccando i piedi dal pavimento, il corpo le scivolò di lato, sospeso dalle corde sopra la porta.

«Cosa ho detto riguardo al fatto di stare ferma?»

«Scusa» ansimò, allungando le dita dei piedi per fermarsi e rimettendosi in posizione.

Lui fece roteare di nuovo la cintura.

Un'altra striscia bruciante le atterrò sul sedere.

Questa volta riuscì a non saltare via, ma solo per poco.

Tirò un respiro tremante e lo trattenne.

Un'altra striscia, poi un'altra. Ogni striscia che le stendeva sembrava peggiore della precedente, e le prime avevano iniziato a bruciare e a pizzicare provocandole un dolore ritardato.

La colpì sulla parte posteriore delle cosce e lei ululò per protesta, ma miracolosamente riuscì a non muoversi. Un altro colpo, poi un altro finché tutto il suo fondoschiena non fu in fiamme e il respiro divenne ansimante.

«Altre tre» annunciò. Pensava che lui avrebbe potuto andarci piano con lei, ma erano le peggiori, strisce su strisce, linee di fuoco che le fecero mordere il labbro e le fecero venire le lacrime agli occhi.

Lasciò cadere la cintura e la prese per la vita, sollevandola da terra per liberarla dalla porta. Quando la abbassò e la girò, lei gli saltò addosso, avvolgendogli le gambe intorno alla vita e passandogli i polsi legati sopra la testa.

La portò a letto e la fece sedere, liberandosi dalla sua stretta. «La tua punizione è quasi finita» disse mentre le srotolava la corda dai polsi. La girò e le spinse il busto verso il basso in modo che si piegasse sul bordo del letto.

«Da ora in poi, ogni volta che dovrò punirti per qualcosa di serio, dopo lo prenderai nel culo.»

Rabbrividì, per metà eccitata, per metà terrorizzata. Le dimensioni del cazzo di Ben rendevano questa punizione ancora più scoraggiante, anche se non fosse stata vergine del sesso anale. Lui si avvicinò al comodino, dove prese un tubetto di lubrificante.

«Allunga la mano e tieni le natiche aperte per me.»

Chiuse gli occhi, umiliata dalle istruzioni. Il suo corpo sembrava amare la degradazione, però, la figa perdeva eccitazione sulle sue cosce mentre obbediva. Sussultò al tocco del lubrificante, fresco e scivoloso contro il suo ano tremante.

Ben si slacciò i pantaloni, lasciandoli cadere sul pavimento. Non indossava mai boxer o slip perché gli impedivano di mutare rapidamente. La virilità ora spiccava, in tutta la sua gloria, agitandosi verso il suo culo con intenzione.

Ashley si voltò per guardare il letto e afferrò una manciata di coperte.

Lui spinse la cappella contro il suo ingresso più privato e la tenne lì, non forzando, ma insistendo.

Prese un respiro profondo ed espirò, costringendosi a rilassarsi.

Ben colse l'occasione e spinse più forte, sfondando il suo ingresso. Sussultò alla sensazione di fuoco all'anello mentre si allargava per accoglierlo.

Lui si fece strada, centimetro per centimetro.

In ogni momento era sicura di non poterne prendere di più, eppure lui non si fermava, riempiendola con l'enorme cazzo finché alla fine non sentì il contatto dei fianchi contro il suo culo.

«Brava ragazza» cantilenò e lei si rilassò, la sua lode la riempiva di scopo.

Scivolò fuori e di nuovo dentro, e la sensazione era troppo intensa perché potesse goderne. Tuttavia, la figa le pulsava di eccitazione, disperatamente in cerca di tocco.

Sembrando sapere esattamente di cosa aveva bisogno, Ben allungò la mano davanti a lei e fece scivolare le dita sulla fessura gonfia.

Gemette, spingendo contro le sue dita, desiderosa di altro.

Lui stabilì lentamente un ritmo, fottendole il culo con l'enorme cazzo mentre le sue dita trovavano il clitoride.

Era decisamente troppo: troppo piacere, troppa intensità, troppa paura del dolore. Il dolore stesso era scomparso.

«Ben» gemette.

«Stai andando benissimo, *amorcita*. Sei pronta a venire?»

«Sì... sì, per favore. Sì, signore» balbettò.

Le strofinò il clitoride più forte nello stesso momento in cui accelerò il ritmo della scopata, riempiendola, mandandola oltre il limite con un grido di estasi. Eppure, lei scoprì di non riuscire a raggiungere l'orgasmo, o almeno non nel modo in cui lo faceva di solito, perché quando i suoi muscoli si contraevano, l'ano si stringeva attorno al cazzo, riportando il dolore.

Si rilassò invece, arrendendosi mentre lui pompava dentro e fuori e ancora dentro, spingendo in profondità dentro di lei e lanciando un grido di liberazione. Le ondate di piacere che seguirono un orgasmo la attraversarono, quindi forse era stato un climax dopotutto.

Uscì lentamente e la portò sotto la doccia, dove la tenne in braccio e lasciò che l'acqua li lavasse entrambi.

Si appoggiò a lui, con gli occhi chiusi, mente l'acqua le scorreva sul viso. «Sono perdonata?» chiese, conoscendo già la risposta, ma desiderando sentirla.

Ben le avvolse una mano intorno al collo e le tirò indietro la testa per morderle l'orecchio. «Non mentirmi mai più» ringhiò, facendole correre brividi lungo la schiena.

«Non lo farò» disse, «te lo prometto.»

«Ti amo» disse lui. «Non importa cosa succeda. Ricordatelo.»

Le lacrime le scaldarono gli occhi. «Come ho fatto ad essere così fortunata?»

Le baciò l'orecchio. «No» mormorò. «Sono io quello fortunato.»

55

Fine

Estratto da La promessa dell'Alfa

Melissa si diresse sul marciapiede verso la casa in affitto fatiscente dove lei e il suo perdente, futuro ex fidanzato avevano vissuto per gli ultimi otto mesi. Non vedeva l'ora di chiudere con quel posto. I tacchi ticchettavano sul cemento, la gonna a tubino era troppo costrittiva nel caldo di inizio giugno dopo una lunga giornata passata a visitare case.

Si preparò al fastidioso disordine di scatole da trasloco mezze piene. Almeno significava che fra meno di un mese Jeremy sarebbe uscito dalla sua vita, per sempre.

La relazione non avrebbe mai dovuto nascere in primo luogo. Aveva scambiato il legame in una situazione di crisi (Jeremy le aveva salvato la vita dopo che lui e il suo amico l'avevano rapita l'anno scorso) per vero amore. Forse voleva solo ciò che sua sorella aveva con il suo nuovo marito.

In un'altra delle sue classiche mosse dettate dal cattivo giudizio, lo aveva perdonato per il rapimento, era stata grata per il fatto che avesse cambiato idea. Si era trasferita con il ragazzo che aveva messo in pericolo la sua vita. Quella dichiarazione incasinata riassumeva praticamente tutto. Era troppo leale, troppo fiduciosa. Pensava che l'attrazione sarebbe durata. Non era stato così. Quattro mesi dopo lo aveva completamente dimenticato, ma ne aveva impiegati altri quattro per capire come liberarsi dal loro contratto di affitto, anche dopo che si erano lasciati. La sua roba era già stata impacchettata nelle scatole. Entro quel mese si sarebbe liberata di Jeremy e di quella topaia.

Aprì la porta e la spinse, poi si fermò di colpo con un sussulto.

La casa era stata devastata. Distrutta.

Le scatole erano state aperte e svuotate: la roba era sparsa ovunque. I piatti di ceramica che aveva comprato dal suo amico artista al college giacevano in un mucchio di cocci, i quadri erano stati strappati dalle pareti e rotti.

Un singhiozzo le salì in gola. Si girò lentamente intorno, il cuore le batteva forte nel petto. Quando vide le parole color porpora scarabocchiate sul muro di fondo, urlò.

Pagate entro venerdì o morirete entrambi.

La attraversò una lastra di ghiaccio. Non riusciva letteralmente a muoversi, non riusciva a respirare. Le tremava tutto il corpo. Strinse il cellulare in mano, ma qualcosa le impedì di chiamare il 911.

Non era stato solo un furto. Era piuttosto una questione personale. E aveva a che fare con Jeremy. Era successo qualcosa in ambulatorio? Aveva sempre avuto paura di venire derubata a mano armata, era successo anche in altri ambulatori perché avevano preso un sacco di soldi.

Oh, Dio. Avrebbe dovuto saperlo. Avrebbe dovuto scappare via veloce e in fretta da Jeremy nel momento in cui si era liberata dal trauma del rapimento.

Aveva un talento naturale nel cacciarsi nei guai. Frequentava le persone sbagliate. Gli piaceva fare festa e faceva uso di droghe. Poteva anche spacciare roba più pesante dalla porta sul retro dell'ambulatorio, non lo sapeva, aveva chiuso un occhio su tutto questo.

Chiamare la polizia avrebbe assicurato la morte di qualcuno? Deglutì. La sua?

Con dita tremanti, chiamò invece la sorella gemella. Ashley e Ben erano andati alle Canarie per la luna di miele. Non avrebbe dovuto disturbarli, ma... non sapeva davvero cos'altro fare. «Ehi, Mel» la voce di sua sorella rispose allegra attraverso l'auricolare.

«Mi dispiace disturbarti.»

Sua sorella colse immediatamente il tono teso e tremolante della sua voce. «Cosa c'è, Mel? Cosa è successo?» chiese Ashley bruscamente.

«N-non ne sono sicura. Sono appena tornata a casa ed è stato tutto distrutto. E c'è un messaggio scritto con lo spray sul muro.» Raccontò alla sorella cosa c'era scritto, senza dover esprimere i suoi sospetti sul fatto che si trattasse di qualche problema di Jeremy. Ben e Ashley avevano già la peggiore opinione di lui.

«Vado a controllare di sopra, ti dispiace restare al telefono con me?»

«Certo che non mi dispiace, ma non pensi che dovresti chiamare la polizia?»

Salì le scale, tenendo il telefono stretto all'orecchio, come se in qualche modo avvicinasse la sorella.

I toni taglienti di Ben erano iniziati alla menzione della polizia, e ascoltò sua sorella che gli spiegava cosa era successo. Gli intrusi avevano distrutto anche la camera da letto al piano di sopra. I cassetti della cassettiera erano stati rovesciati sul pavimento, la cesta era stata svuotata. Sembrava che avessero persino strappato la moquette dal pavimento. Cosa stavano cercando? Soldi?

«Mel? Ben chiamerà qualcuno che conosce a Colorado Springs, quindi stai tranquilla, okay?»

«Okay.» Fu più sollevata di quanto volesse ammettere nel sentire che Ben sapeva cosa fare.

«Ti richiamo subito» promise Ashley.

Riagganciò e fissò il disordine, con le lacrime che le bruciavano gli occhi. Cosa avrebbe dovuto fare? Avrebbe voluto poter fare le valigie e andarsene subito, ma non sapeva dove andare. Dove avrebbe potuto affittare una casa con così poco preavviso? E non voleva affittare, accidenti, era così eccitata di comprarne una sua.

Ben Stone, il ricco nuovo marito della sorella gemella, si era offerto di aiutarla con un acconto così che potesse comprare una casa tutta sua.

Il rumore della portiera di un'auto che sbatteva la fece guardare fuori dalla finestra. Jeremy avrebbe dovuto avere una soluzione per...

Ma non era Jeremy.

Tre tizi dall'aspetto letale scesero da una Range Rover blu scuro e si diressero con decisione verso la porta d'ingresso. Non si preoccuparono di bussare e lei stupidamente non aveva chiuso a chiave.

Santo cielo. Erano lì, in casa. Stavano per ucciderla. Con il cuore che le salì in gola, si tuffò nell'armadio, infilandosi dietro i vestiti.

Ti prego, fa che non perquisiscano la casa.

Il telefono si illuminò, la prima nota della suoneria la mandò in una frenesia di scorrimento selvaggio per spegnerlo. Diventò silenzioso. Trattenne il respiro, ascoltando se gli uomini al piano di sotto se ne fossero accorti, ma sentì solo il suono delle loro voci mentre si chiamavano. Si stavano piazzando lì per aspettare lei e Jeremy?

Le mani le tremavano così forte che riusciva a malapena a leggere il telefono, ma vide che era Ashley che chiamava.

Le rispose con un messaggio.

Sono qui in casa.

La promessa dell'Alfa - Prossimamente

OTTIENI IL TUO LIBRO GRATIS!

Iscrivetevi alla newsletter di Renee per ricevere Preludio, scene bonus gratuite e notifiche riguardo a nuove pubblicazioni!

https://subscribepage.com/reneeroseit

Altri libri di Renee Rose

https://reneeroseromance.com/italiano/

Wolf Ridge High

Alfa Bullo

Alfa Cavaliere

Fratellastro Alfa

Re Alfa

Bastardo alfa

Alfa ribelli

Tentazione Alfa

Pericolo Alfa

Un premio per l'Alfa

Una Sfida per l'alfa

Obsession Alfa

Desiderio Alfa

Guerra Alfa

Missione Alfa

Tormento Alfa

Segreto Alfa

La Preda dell'Alfa

Il sole dell'Alfa

Sangue Alfa

La luna dell'Alfa

Giuramento Alfa
La vendetta dell'Alfa
Fuoco Alfa
Salvataggio Alfa
Ordine Alfa

I lupi di Wall Street

Grande capo cattivo – Mezzanotte

Grande capo cattivo – Il folle della luna

Grande capo cattivo - La marchiata

Grande capo cattivo: Gli accoppiati

Wolf Ranch

Brutale

Selvaggio

Animalesco

Disumano

Feroce

Spietato

Due Segni

Indomita (gratuito)

Tentazione

Deseada

Sedotta

Alpha Doms

La brama dell'Alfa

La punizione dell'Alfa

Dominami - la serie

Padrone reale

Sì, dottore

Padrone russo

Padrone marine

I suoi due padroni

Il padrone della segreta

Padrone di fuoco

Chicago Bratva

Preludio

Il direttore

Il risolutore

Posseduta

Il sicario

Il soldato

L'Hacker

L'allibratore

Il pulitore

Il playboy

Il guardiano

Vegas Underground

King of Diamonds

Mafia Daddy

Jack of Spades

Ace of Hearts

Joker's Wild

His Queen of Clubs

Dead Man's Hand

Wild Card

Gli alfa di montagna

Eroe

Ribelle

Guerriero

L'autore

L'autrice oggi bestseller negli Stati Uniti Renee Rose ama gli eroi alfa dominanti dal linguaggio sboccato! Ha venduto oltre un milione di copie dei suoi romanzi bollenti, con variabili livelli di erotismo. I suoi libri sono comparsi su *USA Today's Happily Ever After* e *Popsugar*. Nominata *Migliore autrice erotica da Eroticon USA* nel 2013, ha vinto come autrice antologica e di fantascienza preferita dello *Spunky and Sassy*, come miglior romanzo storico sul *The Romance Reviews* e migliore coppia e autrice di fantascienza, paranormale, storica, erotica ed ageplay dello *Spanking Romance Reviews*. È entrata dieci volte nella lista di *USA Today* con varie antologie.

Iscrivetevi alla newsletter di Renee per ricevere scene bonus gratuite e notifiche riguardo a nuove pubblicazioni!
https://www.subscribepage.com/reneeroseit

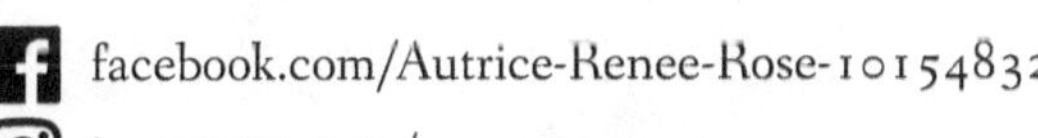

facebook.com/Autrice-Renee-Rose-101548325414563

instagram.com/reneeroseromance